Geschichten aus dem Märchenwald:
Meine trolligen Abenteuer mit Borg, Bong und Bolg

Geschichten aus dem Märchenwald:
Meine trolligen Abenteuer mit Borg, Bong und Bolg

Johannes Hewig

Impressum.
Bibliografische Information der Deutschen Nationalbibliothek: Die Deutsche Nationalbibliothek verzeichnet diese Publikation in der Deutschen Nationalbibliografie; detaillierte bibliografische Daten sind im Internet über www.dnb.de abrufbar.

Verlag: BoD · Books on Demand GmbH, In de Tarpen 42, 22848 Norderstedt
Druck: Libri Plureos GmbH, Friedensallee 273, 22763 Hamburg
ISBN: 978-3-7583-5056-6

Für meine Kinder.

Inhaltsverzeichnis:

1. Knusper, Knusper, Knäusle

Es war einmal in den letzten hundert Jahren passiert, dass sich Trolle so weit nach Süden gewagt hatten. Es musste also Seltsames vorgefallen sein im nördlichen Waldkönigreich, welches von König Celparien regiert wurde. Der Ratgeber des Königs hatte ein altes Pergament hervorgeholt und vorgelesen was dort geschrieben stand.

„Es gehe das erstgeborene Kind des Waldkönigs aus, um die Unholde einzufangen."

Damit war entschieden, wer den Trollen folgen musste und auserkoren war, das wieder in Ordnung zu bringen. Das Erstgeborene, also ich. Der Ratgeber des Königs hatte klargemacht, dass diese Aufgabe erfüllt werden musste. Also war dieser Ritt in den Süden alternativlos und so war es mitsamt Ross, dem braven und klugen Hans, auf in den südlichen Wald gegangen. Wir waren der unübersehbaren Fährte der Trolle nun schon tagelang gefolgt. Die Spur von geknickten Ästen und Bäumen, die durch den dichten Tannenwald führte, war leicht zu erkennen und wir konnten schließlich nach Tagen im Dunkel des tiefen Waldes schon von weitem eine sonnenhelle Lichtung erahnen. Das Erste, was jedem, der sich dieser Lichtung näherte, jedoch aufgefallen wäre, war das Wimmern einer alten Frau. Als wir den Wald verlassen und die leuchtende Wiese erreicht hatten, bot sich uns ein unvergesslicher Anblick. Auf der Lichtung hatte ein Haus gestanden. Es war jedoch offenbar bis auf die Grundmauern niedergefressen worden. Hier und da lagen auf der Wiese verstreut noch einige Krümel herum. An den kümmerlichen Resten der Wände waren Bissspuren zu erkennen. Die Trolle hatten das Pfefferkuchenhaus, welches dort wohl gestanden hatte, nahezu vollständig verputzt. Einzig der massiv gemauerte Schornstein des Nebengebäudes ragte noch in den Himmel und davor saß die alte Frau. Aus tiefen Augenhöhlen schaute sie gen Waldrand.

Die langjährige Erfahrung im Wald verriet einem sofort womit man es zu tun hatte. Eine Backhexe. Diese erblickte die aus dem Wald kommende, berittene Gestalt und kam jammernd näher.

„Hoheit bitte helfen Sie mir. Man hat mir alles genommen. Mein Haus und die Kinder." Auch noch eine Vermisstenmeldung, dachte ich, das hatte noch gefehlt.

„So, so, die Kinder. Ihre?", frug ich.

„Ähm ja…", krächzte die Alte und blickte aus ihren trüben, fast erblindeten Augen zur Seite. Sie legte die Stirn in zweifelnde Falten und brachte ein falsches Lächeln hervor. Natürlich waren sie das offenbar nicht – also ihre Kinder.

„…ja, sie gehören mir.", fuhr sie fort. Ich hob eine Augenbraue und entgegnete:

„Man kann Kinder nicht besitzen!" Ein Funken Ärger blitzte in den Augen der Alten auf, doch sie beherrschte sich und sah zu Boden.

„Äh nun ja, nein, also sie gehören zu mir, wollte ich sagen. Meine … Nichte und mein Neffe." Die Alte ergänzte:

„Bringen Sie sie mir wieder und der Lohn soll Euch gut munden."

Ihr verzaubertes Backwerk würde keiner anrühren, der bei Verstand war und bei Verstand bleiben wollte. Aber der einfachste Weg hier wieder wegzukommen war klar; eine kurze Befragung und dann schnell weiterreiten.

„Wie heißen die Kinder?", frug ich.

„Hänsel und Gretel. Sie sind davongelaufen als die Trolle anfingen das Dach aufzufressen. Mein schönes Pfefferkuchendach. Das ist das letzte Stück. Nehmen sie es!" Sie hielt mir das Stück Pfefferkuchen hin und blickte mich bohrend an. Es sah lecker aus und duftete nach Zimt und Nelken. Kurz zuckte meine Hand, aber ich beherrschte mich gerade noch rechtzeitig. Netter Versuch mich reinzulegen, dachte ich und sagte:

„Nein, danke!"

Da fing sie wieder an bitterlich zu weinen nur wirkte es nun noch ein wenig unechter als zuvor. Man kannte die Sorte. Jeder Trick war ihnen recht, um vor allem Kinder als Arbeitssklaven und für andere Zwecke einzufangen, zu verführen und abhängig zu machen von ihrem Zuckerwerk, daher die Pfefferkuchen am Haus jeder Backhexe.

„Und wie sehen die Kinder aus?", frug ich weiter.

„Ein recht dürres, hageres Bürschchen, leider, mit dunklen Haaren. Und ein etwa gleichaltriges blondes Mädchen.", antwortete sie.

„In Ordnung Gute Frau. Ich verfolge die Trolle. Wann waren die Trolle hier?", hakte ich nach.

„Heute Morgen.", meinte die Alte. Fast einen Tag war das also schon her.

„Na Hans, da müssen wir uns sputen!", sprach ich und dachte bei mir, dass wir zumindest ein wenig aufholten, denn bei unserem Aufbruch mussten es beinahe drei Tage gewesen sein, die die Trolle Vorsprung gehabt hatten.

„Sind es 3 Trolle gewesen?"

„Jawohl.", bestätigte die Alte.

„Danke, ich muss nun weiter, um sie einzuholen!"

„Wollt Ihr nicht doch ein Stückchen süßes oder salziges Backwerk knuspern, um Euch zu stärken und die Nacht lieber hier verbringen? Ein wenig hab' ich noch."

Die Alte bot wieder ein Stück Backwerk, diesmal Lebkuchen, in ihrer runzligen, knochigen Hand dar. Hättest du wohl gern, dachte ich mir. Trau nie einer Backhexe und iss ja nichts von ihrem Lebkuchen, denn man kann nicht oder nur sehr schwer wieder damit aufhören, wenn man einmal damit angefangen hat. Das ist der Trick der Backhexen, dass man immer wieder zugreifen muss, wenn man einmal begonnen hat sich ihrem Naschwerk hinzugeben.

„Nein, ich muss die Verfolgung aufnehmen, danke. Lebt wohl." Auch Hans wieherte ablehnend. Nur mein verräterischer Magen knurrte vernehmlich. Doch schon lief Hans los und wir galoppierten auf den Waldrand zu.

2. Gute Ware, schöne Ware

Eine alte Bäuerin trat mit einem großen Korb, den sie gegen ihre Hüfte stemmte, näher an das kleine zierliche Häuschen heran, welches unter einer gewaltigen Eiche stand.

„Schöne Ware, gute Ware!", rief sie und trat noch ein wenig näher.

„Schöne Ware, gute Ware!" wiederholte die alte Bäuerin und klopfte. Die Tür ging auf, eine gewaltig große Hand kam heraus und packte die alte Frau. Die geschlossene Faust mitsamt Frau darin verschwand im Haus und die Tür wurde zugeknallt.

Ein Troll hielt die alte Frau in der einen Hand, und holte sich mit Daumen und Zeigefinger der anderen Hand vorsichtig den ersten Apfel aus dem Korb der Bäuerin. Er biss hinein, kaute kurz und schluckte ihn herunter.

„Mmm, klein, aber süß!" Die in der Faust hängende Frau fuchtelte wild mit den Armen herum und der Troll nahm ihr daraufhin den Korb weg.

„Der sieht aber lecker aus!" rief der Troll und schnappte sich einen wunderschönen rotweißen Apfel mit den Fingern. Die Bäuerin hielt nun inne, wollte etwas einwenden, schwieg dann aber und schaute den Troll gespannt an. Dieser biss mit den Zähnen hinein und nahm ihn dann ganz in den Mund. Er kaute ihn im Ganzen auf, spuckte einige Kerne aus und schluckte dann auch diesen Apfel herunter. Da wurde er plötzlich erst bleich und dann grünlich im Gesicht. Ein gehässiges Grinsen zeigte sich auf dem

Gesicht der Bäuerin, das zu sagen schien: Selbst Schuld. Doch schon kurz darauf erbrach sich der Troll über die immer noch in seiner Hand befindliche Frau, die daraufhin wieder wild um sich schlug und fluchte. Der Gestank, der sich im Raum ausbreitete, war unerträglich. Die Magensäure ätzte die Verkleidung und die Schminke hinweg, die die Bäuerin offenbar dick aufgetragen hatte. Zum Vorschein kam eine sehr gutaussehende Frau mittleren Alters, die panisch schrie, dass die Magensäure ihr Gesicht verbrenne.

„He, das ist ja gar keine alte Bäuerin, die war verzaubert oder verkleidet." Rief einer der beiden anderen Trolle empört.

„Eine Giftmischerin!" schimpfte der dritte Troll und der Erste fügte hinzu:

„Ein Menschlein hätte dieser Apfel wohl umgebracht, aber wir Trolle sind nicht so empfindlich. Du!" drohend hob der Troll, der sich erbrochen hatte, den Zeigefinger vor der Frau, die kaum größer war als dieser Finger. Die Frau schrie mit kotzebedecktem Gesicht verzweifelt:

„Oh nein, Trollkotze, ist antimagisch, lässt die Haut altern und der Geruch geht nie wieder weg! Lasst mich zum Wasser!" Sie versuchte zum Wassertrog am Fenster zu rennen, entkam aber der Trollfaust auf diese Weise nicht, sondern ihre Schuhe glitten nur flink über den Holzboden, ohne dass sie selbst sich fortbewegte.

„Selbst schuld Giftmischerin! Was wolltest Du überhaupt hier?", frug einer der Trolle.

„Stiefmutter?", rief plötzlich eine wunderschöne junge Frau mit dunklen Haaren, knallroten Lippen und sehr blasser Haut aus dem Hintergrund. Der größte der Trolle frug das Mädchen:

„Das ist Deine Stiefmutter?"

„Sie liebt Dich offenbar zu Tode." ergänzte der zweitgrößte Troll.

„Sieht dir gar nicht ähnlich diese Frau. Du bist wunderschön, sie eine hässliche alte Schachtel!" bemerkte Bolg, der dritte, kleinste Troll gehässig und die Frau schrie zornerfüllte Verwünschungen.

Bong, der zweitgrößte und breiteste meinte, „Du bist schon ein armes Mädchen!", und fuhr fort: „So blass wie Du bist, schuftest Du hier wohl den ganzen Tag im Haushalt einer Bande von Zwergen und kommst noch nicht mal ans Tageslicht. Dann hast Du noch eine so böse Stiefmutter, dass sie dich gar umbringen will."

„Was machen wir mit der bösen Stiefmutter?", frug Bolg.

„Sie ist wohl gestraft genug. Ihr Spiegel wird ihr die Strafe jeden Morgen zeigen. Schmeiß sie raus. Ich hab' langsam Hunger, die Alte nervt. Ob es hier noch was zu essen gibt?", meinte Bong.

„Na gut.", stimmte Borg zu, der größte Troll, der die Frau festhielt.

„Soll ich ihr noch in den Po zwicken, ja?" frug Bolg, der jüngste und kleinste Troll.

„Kommt, ich pikse sie, damit sie schön rennt." Er öffnete die Tür und nahm dann ein Gäbelchen vom Tisch zwischen die Finger und pikste ihr in den Popo.

Die böse Stiefmutter schrie und rannte davon. Die drei Trolle lachten laut und donnernd.

„Nun junge Frau, bring einmal aus Deiner Speisekammer alles, was Du noch so zu futtern hast!" Schneewittchen machte sich auf und brachte, was die Speisekammer so hergab. Sie begann mit Wurst, Käse und Brot. Aber satt waren die Trolle danach noch nicht. Dann holte sie Gemüse, Salate und Zwieback. Aber satt waren die Trolle noch immer nicht. Schließlich holte sie, was sie noch so fand: unter anderem saure Gurken in Gläsern, einen Kuchen, viele Dosen voller Kekse, Schokolade und ein Fass Bier. Aber satt waren die Trolle immer noch nicht, obwohl die Speisekammer nun vollkommen geleert war. Allerdings bekamen sie von den vielen Süßigkeiten und dem vielen Durcheinander bald darauf Bauchweh und jammerten herzerweichend.

„Ohh, ich hab' so Bauchweh!", rief Bolg, der jüngste der drei.

„Ich mag kein Blatt mehr, nicht mal eins von den leckeren Pfefferminzblättchen.", klagte Bong, der zweitgrößte und breiteste der drei.

„Das letzte Bier war bestimmt schlecht!" meinte Borg, der größte und älteste der drei Trolle.

Da brachte das Schneewittchen einen großen Topf Fencheltee, den die drei Trolle abwechselnd schlürften bis sie einschliefen.

3. Kuchen und Wein

Nach einigen Stunden erreichten der kluge Hans und ich eine Haselnusshecke, die nahe einem großen Eichenbaum stand und dabei lag ein kleines Häuschen. Der kluge Hans schnaubte unruhig. Langsam näherten wir uns dem Eingang. Ein paar kleinere Schäden an der schiefen Türe ließen nichts Gutes erahnen. Absteigen und klopfen hieß es da, obgleich die Tür nur noch halblebig in der Angel hing.

Ein vorsichtiges und ängstliches „Wer ist da?", einer alten Frau kam aus dem Inneren.

„Ich fange die Trolle wieder ein!", rief ich.

„Gott sei Dank!", ertönte es sogleich und die Türe ging auf. Eine sehr freundlich und gutmütig aussehende, rotwangige alte Frau stand in der Türe und neben ihr ein junges Mädchen mit einem wunderschönen samtenen roten Mützchen.

Und so begann Großmütterchen zu erzählen: „Endlich sind Sie da! Diese üble Bande muss gefangen werden. Es war so ein schöner friedlicher Morgen gewesen. Die Morgendämmerung brach immer mehr an. Gerade war ich dabei mein Morgenmahl vorzubereiten und Schnitt in der Küche Radieschen, die esse ich immer morgens, die halten einen gesund. Das hat mir meine Schwägerin erzählt und die weiß es von dem Bruder ihrer Tante, der einen Medicus kannte. Dieser sagte immer…"

Ich unterbrach sie und bat: „Bitte erzählen Sie doch von den Trollen!"

„Ach ja, also ich schnitt Radieschen und da klopfte es. ,Wer ist da?' rief ich, doch es antwortete niemand. Stattdessen kamen die drei Trolle gebückt durch die zu kleine Tür einfach herein in die Stube und setzten sich auf den Boden, wobei sie dennoch mit den Köpfen an die Decke stießen. Unverschämt und ohne zu grüßen, forderten sie mich auf ,Gib uns was zu essen Muttchen.' Also Manieren hatten die, unausstehlich. Sie benahmen sich wie Babys, so sehen sie auch aus, nur riesengroß und mit zu klein geratenen Köpfen. Sie können sich vorstellen wie viel Angst ich hatte. Ich hatte mal von Trollen gehört. Meine Großtante mütterlicherseits war dabei gewesen, als die Trolle damals aus dem Norden kamen. Sie wissen schon „die" berühmten Trolle. Also meine Großtante, wissen Sie, die hat ja einen Schneider geheiratet, der ist reich gewesen und hat dann einmal, als er einen wundervollen Auftrag vom Maier erhalten hatte…"

„Verzeihung", unterbrach ich sie wieder, „wie ging es nun weiter mit den Trollen?".

„Ach ja, ich tischte also auf. Radieschen. Aber nun, so ein Radieschen ist natürlich für so einen Troll nicht gerade eine Mahlzeit. Sehen Sie, die wollten wohl lieber einen ganzen Hammel oder dergleichen, aber sowas habe ich ja natürlich nicht da. Aber gut. Ich tischte weiter auf, was ich so fand. Brot, Kartoffeln, Karotten, etwas alter Salat, sämtlichen Käse, Butter, Räucherzeugs und so weiter. Irgendwann klopfte es wieder und ich frug:

,Wer ist da?'

‚Rotkäppchen, Großmutter, ich bringe Dir Kuchen und Wein!' Stellen Sie sich vor ich wollte schreien, aber der eine Troll packte mich schnell und versperrte mir die Stimme. Ein anderer sprach nun mit Fistelstimme

‚Nur herein mein Kind!' Und herein kam … ein Wolf. Entsetzt starrte ich ihn an. Aber er war auch entsetzt, wie sie sich vorstellen können, und nicht schnell genug, um dem raschen und harten Zugriff der Trolle zu entkommen. Sie packten ihn am Schwanz und schleiften ihn herein. Der Wolf hatte ein altes Muttchen erwartet und stattdessen, drei Trolle, tja was würden sie da denken. Nun ja, der erste Troll meinte:

‚Wolf, na ja, besser als nichts, aber Kuchen und Wein wäre mir lieber gewesen.'

‚Wollen wir ihn grillen oder backen?' frug da der zweite, der mich nun wieder losgelassen hatte. Der Wolf starrte ihn nur mit weit aufgerissenen Augen an.

Und ich meinte: ‚Wildfleisch sollte man doch besser grillen.' Da warf mir der Wolf einen sehr bösen Blick zu, also der ist nicht in Ordnung, sagte ich mir, dieser Wolf.

‚Aber Deine Feuerstelle ist zu klein für den Braten.', sagte der größte Troll, den sie Borg nannten.

‚Da müssen wir den Abend eben abwarten, dann können wir draußen ein Feuerchen machen', sagte der dritte und kleinste, der Bolg hieß. Sie fesselten dann den Wolf und mit den Hinterbeinen hängten sie ihn an den Haken der Deckenlampe. Der hielt natürlich, denn den Haken hatte mein Großvater mütterlicherseits eigenhändig aus dem Querbalken herausgeschnitzt. Absolut stabil sag ich Ihnen. Sehen Sie der verstand sein Handwerk. Als er einmal…"

„Wie ging es nun weiter mit den Trollen?" frug ich dazwischen und Großmutter fuhr fort:

„Ach ja, da klopfte es plötzlich wieder.

‚Wer ist da?' rief ich,

‚Rotkäppchen, Großmutter, ich bringe Dir Kuchen und Wein!'

Die Trolle sahen mich drohend an und ich rief ‚Herein'. Da war es wirklich meine Enkelin. Stellen Sie sich vor wie froh und auch wie furchtsam ich war. Froh das Mädchen wiederzusehen, ich dachte schon der Wolf hätte, …, nun ja, aber voller Furcht, was die Trolle tun würden. Nun zuerst schnappten sie sich den Korb, aßen den Kuchen auf und tranken den Wein auf meine Gesundheit, da hätte mir der Wein aber gewiss mehr geholfen als die Wünsche der verwünschten Trolle."

Während die Großmutter weiterredete, sah ich sie mir in Ruhe genauer an. Die wirkte pausbäckig, und mit ihren rosigen, fülligen Wangen alles andere als krank, sondern im Gegenteil äußerst gesund und wohlgenährt. Und wie bisher stets, fuhr sie mit ungebremster Freude fort, zu erzählen.

„Als nichts mehr übrig war, schliefen die Trolle schließlich ein. Einer hatte sich vor die Tür gelegt, so dass niemand herauskonnte."

„Und dann?", warf ich fragend ein. Die Großmutter schwieg überraschenderweise einen Moment, da brach es aus dem Mädchen heraus.

20

„Dann plötzlich bei Sonnenuntergang verwandelte sich der Wolf, der von der Decke hing in den jungen Mann, den ich am frühen Morgen im Wald getroffen hatte." Dabei errötete das Mädchen so sehr, dass selbst das rote Käppchen zu verblassen schien.

„Noch dazu war der junge Mann unbekleidet, wie Gott ihn geschaffen hatte.", sprach die Großmutter peinlich berührt.

„Stellen Sie sich das mal vor, was für ein Skandal!", fuhr sie fort und das Mädchen senkte den Blick immer noch rotglühend im Gesicht.

„Natürlich habe ich ihn sofort bedeckt mit einer Decke. Er bat uns ihn loszubinden. Aber ich sagte mir, an der Sache ist doch was faul, hatte er sich doch zuvor als mein Rotkäppchen ausgegeben und wollte sich so ins Haus schummeln.

Das Gerede weckte die schlafenden Trolle auf und das war nicht gut – für den Wolf oder Jüngling – je nachdem. Sie müssen wissen, Trolle sollte man nicht wecken, denn sie haben dann furchtbar schlechte Laune, sind knatschig, knurrig und quengelig, und schreien und schimpfen.

‚Werwolf, Hautwechsler, Täuscher, Halbling‘ und was sie ihn nicht weiter alles nannten. Dann begannen sie wieder die Zubereitung zu besprechen.

‚Wir sollten ihn jetzt gleich aufschlitzen, damit er schon mal ausblutet.‘, rief Borg, der größte Troll.

‚Ich mag aber den Blutgeschmack!‘ sagte da Bolg, der kleinste Troll. Der junge Mann wurde furchtbar bleich und blickte panisch umher. Sie nahmen ihm auch die Decke wieder weg und so zitterte er, allerdings wusste ich nicht recht, ob er fror oder sich so sehr fürchtete, wohl beides. Und der dickste Troll, der sich Bong nannte, rief:

‚Sag schon, du Hautwechsler, was du hier wolltest!' Nach weiteren Drohungen der Trolle beichtete der Jüngling, dass er mich verschlingen und über das Rotkäppchen hatte herfallen wollen. Dann begann der Jüngling, um sein Leben zu betteln. Da lachten die Trolle so laut, dass wir uns die Ohren zuhalten mussten und Bolg sagte:

‚War nur Spaß! Hautwechsler essen wir nicht und Wolf ist uns zu zäh!' Schließlich scheuchten sie den jungen Mann, nackt wie Gott ihn geschaffen hatte, in den Wald und zogen, nachdem sie sämtliche Reste der Speisekammer geplündert hatten in der Abenddämmerung weiter."

„In welche Richtung sind sie weitergezogen?", frug ich.

„Nach Süden! Wisst ihr im Süden, da lebt ja meine Cousine dritten Grades, die…", antwortete die alte Dame, aber ich unterbrach sie mit einem:

„Danke, das können Sie mir beim nächsten Mal erzählen! Ich muss weiter."

Und so folgten Hans und ich rasch wieder der Fährte der Trolle.

4. Gerangel um die goldene Kugel

„Mensch, kein Bach weit und breit! Ich hab Durst!“ raunzte Borg. Da tauchte schließlich eine Lichtung auf. Und in der Mitte stand ein großer herrschaftlicher Brunnen. Am Rande des Brunnens spielte ein blondes Mädchen mit einer goldenen Kugel und ließ sie vor Schreck fallen, als sie die Trolle sah, die sich durch die Büsche am Rande der Lichtung kämpften. Borg schüttelte ein paar an ihm hängende kleine Äste ab und stürzte zum Brunnen. Er trank rasch in großen Schlucken.

Das Mädchen stand zitternd und wie gelähmt daneben. Es starrte die Trolle mit weit aufgerissenen Augen an. Die beiden anderen Trolle waren nun auch am Brunnen und tranken ebenfalls. Irgendwas steckte in Borgs Rachen fest. Er würgte, hustete und heraus flog ein Frosch. Bong und Bolg lachten. Bong frotzelte:

„Unangenehm so ein Frosch im Hals, oder?“

Wieder schüttelten sich die beiden vor Lachen. Borg schimpfte vor sich hin und erwiderte:

„Haha, ihr habt gut lachen! Und nein, hab’ ich nicht, also einen Frosch im Hals. Nicht mehr. Oder vielleicht noch nicht.“ Dann grinste Borg und leckte sich die dicken Lippen.

„Wie wär’s mit Froschschenkelsuppe?“ frug er und fing den davonhüpfenden Frosch wieder ein. Er nahm ihn zwischen die riesigen Finger und hob ihn an einem Bein hoch. Die andern beiden lachten wieder.

„Halt, nein! Ich bin kein echter Frosch!", quäkte es.

„Er spricht! Wie putzig!", meinte Borg.

„Aber Froschschenkelsuppe hört sich gut an! Besser als sein Gequake jedenfalls.", rief Bong.

„Allerdings aus einem einzigen Frosch wird die schon arg dünn!", ergänzte Bolg. Bong nickte.

„Lasst mich wieder in den Brunnen, mich erwartet eine goldene Kugel. Sie ist in den Brunnen gefallen. Ich muss sie finden.", quäkte der noch immer zwischen Borgs Daumen und Zeigefinger hängende Frosch.

„Oh, jetzt weiß ich, was mir so schwer im Magen liegt!" Borg hielt sich den Bauch und seine Brüder lachten wieder.

„Das muss die Kugel sein!" ergänzte er. Das Mädchen fing an zu weinen und lief weg. Der Frosch blickte halb ärgerlich, halb ängstlich zu Borg hinauf und rief:

„Oh nein, ich muss hinter ihr her!"

Bolg meinte:

„Was willst du denn von der Zicke. Das Beste, was Du erwarten kannst, ist, dass sie dich ausnimmt und an die Wand klatscht. Wie alle Prinzessinnen."

„Lass *Sie* das bloß nicht hören, du weißt schon, wen ich meine!" sagte Bong mit zittriger Stimme. Borg brummte zustimmend.

„Lasst mich runter und gebt mir die …die die Kugel.", rief der Frosch.

„Wenn ich Dich gefressen hab, dann hast Du die Kugel ja praktisch bei Dir also…", mit diesen Worten hob Borg den Frosch in die Höhe, legte den Kopf in den Nacken und öffnete den Mund, so als wollte er ihn verspeisen.

„Lass doch den Frosch, der ist eh viel zu klein, um satt zu werden! Schau mal was für einen dicken Fisch ich hier habe!" Bong hatte einen großen dicken Fisch in der Hand, den er aus dem Brunnen geholt hatte. Borg ließ den Frosch davonhüpfen und kurz darauf fischten Bolg und Borg ebenfalls.

Bolg zog einen etwas dünnen, aber langen Fisch heraus und blickte sich zu seinen Brüdern um, die ihn nicht beobachteten, sondern ins Fische fangen vertieft waren. Bolg zog heimlich etwas aus der Tasche und stopfte es in den Fisch, um ihn dicker erscheinen zu lassen als den seines Bruders. Dann zeigte er stolz sein Werk und rief:

„Hier meiner ist länger und dicker!" Die beiden anderen schauten mit brüderlichem Neid hinüber.

„He, aber, da stimmt doch was nicht!" sagte Bong und zerrte an der Schnur, die dem Fisch aus dem Maul hing. Bolg hatte ein Säckchen des sehr nahrhaften Winterkorns, welches sie als Notreserve dabeihatten, im Rachen des Fisches versteckt, um den Fisch dicker als den seines Bruders zu machen.

„Du Betrüger!" schimpfte Bong wütend als er das Säckchen aus dem Fisch herausgezogen hatte. Und Bong hatte noch einen Trumpf im Ärmel. Es war ein Fisch, der sich auf der Flucht dorthin verirrt hatte. Der Fisch zappelte dort. Bong nahm den Fisch wie eine Keule aus dem Ärmel und schlug zornig seinem Bruder Bolg dessen Fisch aus der Hand, so dass dieser weit in den Wald flog und dort mit einem sehr matschigen Geräusch zerplatzte.

Nun stürzte sich Bolg wütend auf ihn und sie begannen eine wilde Prügelei, die die anderen Fische zerfetzte, bis Borg schließlich jubelte:

„Seht mal aber meiner, meiner ist wirklich länger." Dabei hielt er einen langen Aal in der Hand. Die beiden Raufenden sahen neidisch zu ihrem Bruder auf. Sie wollten sich auf ihn stürzten, der aber rannte davon auf den naheliegenden Acker.

„Mann, gib uns wenigstens was ab!" rief Bolg, der die Verfolgung aufgegeben hatte.

„Selbst schuld, wenn ihr Eure Fische kaputt macht.", rief Borg und machte mit den Fingern ein Siegeszeichen. Da biss der Aal ihm in den Finger, Borg schrie auf, ließ ihn fallen und trampelte auf dem flüchtenden Aal herum, bis dieser ebenfalls Matsch war.

Borg schaute traurig. Bong und Bolg lachten hämisch. Nach einer erneuten kurzen Prügelei kehrten alle drei müde und hungrig zum Brunnen zurück.

„Da müssen wir wohl was Neues fangen.", bemerkte Borg. Doch da war nichts mehr zu holen, denn sie hatten den Brunnen leergefischt.

„Alle, alle." stammelte Bolg. Die drei starrten stumm und starr in den See und knabberten an ihren Notvorräten aus Winterkorn.

5. Bruchstücke und Sterne

Der kluge Hans wieherte. Das Häuschen, das vor ihnen unter einer riesigen Eiche in der Dämmerung stand, war arg ramponiert. Davor saßen sieben konsternierte Zwerge und eine wunderschöne junge Frau auf den Überresten der Eingangstür. Als sie das Pferd sahen, blickten die Zwerge nur langsam und traurig auf. Ich sprach sie an:

„Die Trolle waren wohl hier. Ich verfolge sie und werde sie zurückbringen! In welche Richtung sind sie weiter und was ist hier passiert?" Die blasse Schönheit mit den roten Lippen und den bleichen Wangen blickte bewundernd zu mir auf. Der erste Zwerg hatte einige Holzteile in der Hand und bemerkte traurig:

„Er hat auf meinem Stühlchen gesessen."

Offenbar waren die Holzstücke das, was übriggeblieben war, als einer der Trolle sich auf dem Stühlchen niedergelassen hatte. Der zweite fügte mit Tränen in den Augen an:

„Er hat mein Tellerchen gegessen."

Der dritte fügte leise hinzu:

„Sie haben alle Brötchen genommen."

Der vierte ergänzte mit hohlen Wangen und einem hungrigen Blick:

„Und alles Gemüschen haben sie gegessen. Niemals würden Zwerge sich in ein fremdes Haus einnisten und sämtliche Vorräte aufessen. Nie, nie, nie! Keinen Anstand haben diese Trolle."

Der fünfte fügte mit angeekeltem Blick hinzu:

„Und sie haben mit meinem Gäbelchen der Stiefmutter in den Hintern gestochen."

Der sechste platzte heraus:

„Einer hat mit meinem Messerchen Kotze von seinem Ärmel gekratzt."

Der siebente meckerte lauthals:

„Er hat mein Becherlein mitgetrunken, als es in den Krug gefallen war."

Und der erste fügte hinzu:

„Und dann haben sie mein Bettchen zertreten!"

„Und meins!" ergänzten die anderen im Chor.

„Wir würden Euch ja bitten zu bleiben, da es bereits dunkel wird, aber wir haben nichts zu essen, keinen heilen Stuhl und keine Betten mehr.", fasste der älteste, weißbärtige unter den Zwergen die Lage zusammen. So ritten wir also weiter.

Es war mittlerweile schon dunkel geworden. Hin und wieder blitzten die Sterne durch das Blätterdach. Der kluge Hans war in langsamen Trab gefallen. Es war sinnvoll gewesen ein wenig in die Nacht hinein weiterzuziehen, um den Abstand zu den Trollen zu verkürzen. Hans wieherte stets rechtzeitig und verhinderte, dass ich einschlief. Müde und für einen Moment im Land der Träume weilend, schienen Wirklichkeit und Traumgebilde zu verschwimmen. War das ein Traum? Vor uns auf einer Lichtung war eine nebulöse, helle Erscheinung zu sehen. Im Licht des Sternenhimmels und des Mondes stand mitten auf der Lichtung ein Mädchen und starrte zum Himmel.

Es war splitterfasernackt, oder wie das kleine Cousinchen Lily immer sagte ‚Nackedei!‘, und rief hypnotisch mit verwaschener Stimme:

„Die Sterne, die Sterne, sie fallen vom Himmel!“ Und so, als habe sie noch etwas an, hob sie die Hände, als würde sie mit ihrem nicht vorhandenen, unsichtbaren Unterhemdchen herunterfallende Früchte oder dergleichen auffangen.

„Ohh die vielen Goldtaler!“ rief sie ekstatisch. Dann tanzte das Mädchen splitterfasernackt im Sternenlicht über die Lichtung und warf nicht sichtbare Goldmünzen in die Luft. Es war klar, was hier los war. Schnell ritten wir heran. Es war schwieriger als gedacht, das weiterrufende Mädchen einzufangen, und auf das Pferd zu wuchten. Denn es wehrte sich und schrie immer wieder:

„Die Sterne, die Sterne, sie fallen vom Himmel. Es sind goldene Taler, meine Taler, mein Schatz! Meine Taler, da liegen sie, am Boden! Halt, ich will meine Taler. Ich will hier bleiben bei meinem Schatz!“

Rasch ritten wir mit dem quer über dem Sattel hängenden Mädchen in den Wald zum nächstgelegenen Bach der etwa fünfhundert Schritt zurück lag. Dem Mädchen größere Mengen kaltes Bachwasser einzuflößen war ebenfalls ein harter Kampf und wir wurden pitschnass dabei. Endlich fing das Mädchen an sich zu übergeben. Sie hatte offensichtlich vom Hunger getrieben recht wahllos Pilze gegessen und bestimmt waren auch giftige dabei. Die Armut der Menschen unter der Knute der Adligen um den Wald herum war oft erschreckend. Jetzt erbrach sie das

Wasser-Pilzgemisch. Mit geschultem Auge waren sofort Überreste eines Bläulings zu erkennen. Zusammen mit den anderen erkennbaren Pilzresten hätte dies für das Mädchen ohne fremde Hilfe sehr übel ausgehen können. Der Rausch des Pilzgiftes hielt jedoch an. Jetzt klaubte sie Kiesel aus dem Bach und rief wieder.

„Mein Schatz, meine Goldtaler!" dann stakste sie wackelig über den Waldboden direkt auf eine Gruppe Pilze zu. Im Halbdunkel waren Knollenblätterpilze zu erahnen.

„Was zum Essen, was zum Essen." Stammelte sie verwaschen, immer noch in ihren Halluzinationen gefangen. Sie wirkte in der Tat abgemagert und dürr, und wer wusste schon wie lange sie bereits so durch den Wald irrte. Das Pilze-Essen war wohl zu einer regelrechten Obsession geworden. Sie aufzuhalten war ein erneuter Kampf. Schließlich kam mir der rettende Einfall:

„Komm doch mit, da drüben auf der Lichtung liegen doch noch Deine Taler!" Diesem Argument folgte sie glücklicherweise. Schon bald sammelte sie wieder unsichtbare Goldtaler von der sternenbeschienenen Lichtung und fing weitere fallende Sterne ein. Wo konnte ich sie nur hinbringen? Sie allein zu lassen wäre unverantwortlich gewesen. Vermutlich müssten wir einfach hier das Nachtlager aufschlagen.

Plötzlich rief das Mädchen aufgeregt:

„Mein Prinz, mein Prinz!" und hielt dabei eine fette Kröte in der Hand. Sie küsste die Kröte wieder und wieder, dann ließ sie sie fallen und sah mich mit weit aufgerissenen Augen an.

„Mein Prinz, da bist du ja!", rief sie und sie begann mit mir als ihrem erträumten Prinzen über die Lichtung zu tanzen, bis sie bewusstlos zusammenbrach. Ich schlug ein Nachtlager auf und hatte die Hoffnung, dass sie am anderen Morgen wieder in die Wirklichkeit zurückkehren würde, nachdem die Wirkung der giftigen Pilze abgeklungen war.

6. Von Salaten und Haaren

„Ein Turm. Mitten im Wald. Das ist ja seltsam.", rief Borg ein wenig erstaunt.

„Da drin können wir vielleicht den Tag verbringen.", meinte Bolg zuversichtlich.

„Ja, es dämmert schon!", warf Bong ein, „Da wäre eine Behausung gut. Hör mal die Lerche!", ergänzte er.

„Quatsch, das ist ´ne Nachtigall!" zischte Borg und ging um den runden Turm herum. Mehrmals. Dann starrte er nach oben und rief erstaunt.

„Ich werd` narrisch. Es gibt keine Tür!"

„Wie?", frug Bong und ging ebenfalls um den Turm herum; drei Mal.

„Da oben ist ein Fenster!", bemerkte Bolg, den Kopf tief in den Nacken gelegt.

„Wir machen eine Trollleiter!", schlug Bong vor.

„Gut, Borg, du bist der größte du bist unten.", meinte Bolg.

Bong kletterte auf Borgs Rücken, stellte seine Füße auf dessen kräftige Schultern und richtete sich langsam auf. Dabei hielt er sich mit seinen Händen auf beiden Seiten des Turmes fest. Dann kam Bolg. Borg machte eine Handstütze. Bolg stieg mit dem rechten Bein auf die Handstütze und zog sich an Bongs rechtem Bein hinauf. Das linke Bein winkelte er an und stellte es auf Borgs Schulter. Er klammerte sich dann an Bongs rechten Arm und zog das rechte Bein hoch. Nun stand er hinter Bong ebenfalls auf Borgs Schultern, dieser stöhnte:

32

„Ihr seid schwer!"

Bolg hielt sich nun an Bongs Kopf fest, um sich weiter hochzuziehen. Dabei rutschte er jedoch ab und klammerte sich an Bongs Nase. Bong schrie auf. Bolg rutschte weiter ab und trat dabei auf Borgs Nase, dieser schimpfte laut:

„Aua!"

Bolg drohte zu fallen und rief:

„Ohh!".

Dann hatte er wieder Halt gefunden, allerdings an Bongs Hose. Diese spannte sich am Gürtel, drohte herunterzurutschen und Bong schrie:

„Was machst du da eigentlich?"

Da packte er Bolg mit einer Hand am Kragen und zog ihn wieder nach oben, so dass beide nun wieder auf Borgs Schultern standen. Dieser meckerte:

„Ihr seid ganz schön schwer!"

Nun kletterte der kleinste der drei Brüder über die Armbeuge seines Bruders Bong hinauf auf dessen Schultern und richtete sich langsam auf. Als er schließlich durch das einzige Fenster des Turmes hineinblickte, sah er ein sich küssendes Menschenpärchen in einem Himmelbett.

„Hallo, habt ihr was zu futtern?", frug Bolg beiläufig als wäre er zufällig bei einem Spaziergang vorbeigekommen. Die beiden schrien in Panik auf.

„Immer mit der Ruhe.", versuchte Bolg sie zu beruhigen.

„Oder habt ihr vielleicht was zu rauchen? Das wäre auch ganz schön!", ergänzte Bong von unten rufend. Die beiden Menschlein schrien immer noch.

„Was machst du da oben eigentlich so lange?", stöhnte Borg.

„Verhandeln! Also was ist nun. Habt ihr was zu futtern?", frug Bolg erneut.

Da entdeckte er in Fensternähe eine Obstschale mit Äpfeln und Zwetschgen. Er schnappte sich die Schale und schüttete den Inhalt in seinen Mund. Langsam kauend wiederholte er zu den zitternden Menschlein:

„Na, was ist, habt ihr noch mehr? In so einem riesigen Turm muss es doch was zu essen geben!" Langsam hatte sich die junge Frau wieder beruhigt und frug.

„Kannst du uns herunterheben vom Turm?"

„Na klar, aber erstens was krieg ich dafür zu futtern. Und nicht nur ein paar Äpfelchen. Und zweitens warum kommt ihr nicht selbst runter? Ihr müsst doch auch hochgekommen sein?", entgegnete Bolg. Das eine Menschlein, ein junger Mann, deutete mit dem Kopf auf die junge Frau und meinte:

„An ihren Haaren kam ich hoch! Aber sie kann an ihren eigenen Haaren nicht runter. So wenig man sich an den eigenen Haaren aus dem Sumpf ziehen kann."

Da musste Bolg lauthals lachen. Dann erst sah er die unglaublich langen Haare des Mädchens und sein Lachen wich einem beeindruckten Staunen – schade, dass Haare nicht schmeckten, das wäre ein Festmahl gewesen, dachte er.

„Was ist da oben so lustig? Ihr seid verdammt schwer! Mach mal hinne!" schrie Borg.

„Gleich hab' ich's! Also zurück zur ersten Frage: Was krieg ich dafür?", meinte Bolg. Der Mann überlegte und sah das Mädchen an.

„Ist noch mehr zu essen hier im Turm?" Sie schüttelte den Kopf.

„Wollen wir fliehen? Das mit den Bettlaken kann noch lange dauern!" frug er sie. Sie nickte und sagte:

„Gut Troll, wir zeigen Dir den Salatgarten!".

„Salat, na gut, einverstanden.", meinte Bolg, „Immerhin etwas. Kommt her!" Bolg nahm das Mädchen vorsichtig wie eine große Puppe in die Hand und sagte seinem Bruder:

„Bong nimm mal an und gib nach unten weiter!"

„Wie, was ist das denn? Das ist aber nix zum Essen!" beschwerte sich Bong und reichte das Mädchen weiter nach unten zu Borg.

„Und der nächste, den aber erst mal festhalten!", sagte Bolg. So wurde der junge Mann hinuntergereicht. Schließlich kletterte Bolg wieder herunter und Bong sprang einfach von den Schultern seines Bruders herab. Der Boden erzitterte als er landete.

„Was sollen wir mit denen?" frug Borg.

„Er hat uns Salat versprochen!" sagte Bolg.

Der Mann erwiderte.

„Er steht dort drüben auf einer Lichtung." Sie gingen durch einige Baumreihen hindurch auf eine verborgene Lichtung. Da stand ein Pferd vor einem ummauerten kleinen Garten und fraß frisches Gras.

„Ohh ein Pferd, lecker! Endlich wieder satt werden!" meinte Borg.

„Haltet ein, das ist unser Pferd und wir brauchen es noch, um zu entkommen. Wir hatten Salat und Gemüse vereinbart!" schrie der junge Mann.

„Ja, mit ihm, aber nicht mit mir.", sagte Borg.

„Ich halte immer mein Wort!", zischte Bolg ihn an und ergänzte:

„Wehe du rührst es an!"

„Na gut reg Dich ab, oh Rapunzelsalat, und wie viel!", meinte Borg, als er in den Garten blickte.

Die mampfenden Geräusche aus einer Ecke des Gartens zeigten, dass es sich Bong bereits schmecken ließ.

„Und wie lecker! Da sind Möhren!", rief Borg, während er über die Mauer stieg.

„Ich nehm' mir den Apfelbaum vor!", meinte Bolg und ergänzte:

„Geht nur.", und die beiden Menschlein stiegen aufs Pferd und ritten davon.

Lange Zeit hatten sie alles gefuttert, was sie gefunden hatten, da hörten sie etwas entfernt eine Frau rufen:

„Rapunzel, lass dein Haar herunter." Sie wiederholte dies Mal um Mal, immer lauter! Schließlich hörte sie wohl Geräusche aus ihrem Garten und kam auf die Lichtung. Entsetzt blickte sie auf die drei Trolle, die dort in ihrem Garten lagen. Sie hatten den Apfelbaum geleert, alles Wurzelgemüse ausgegraben, und verspeist sowie den Salat fast vollständig abgefressen. Borg, Bong und Bolg ruhten sich gerade aus. Die aufgehende Sonne zeigte sich auf den Wipfeln der Bäume.

Die Alte brummelte irgendeinen Zauberspruch vor sich hin und Borg, der sie entdeckt hatte, sprach:

„He Alte, falls du es noch nicht kapiert hast. Wir sind Trolle, selbst magisch und daher kannst du Deine Sprüche wegstecken! Gib lieber mal Deinen Korb." Die Alte schrie, keifte und wehrte sich, aber Borg nahm ihr den Korb trotzdem weg.

„Nachtisch, Jungs!", er blickte aber kurz darauf enttäuscht auf.

„Noch mehr Rapunzelsalat!" Die Sonne erreichte jetzt die Lichtung.

„Der Tag ist da!" rief die Zauberin freudig aus, breitete die Arme aus und durch ihren Zauberspruch bogen sich die Bäume und die Sonne fiel in den Garten. „Jetzt ist es aus mit Euch!", schrie sie. Denn sie hatte einmal gehört, dass Trolle angeblich im direkten Sonnenlicht zu Stein würden.

„Wer, wie, was, warum?", stotterte Bong ängstlich. Die Sonnenstrahlen trafen auf die drei Brüder. Nichts geschah jedoch. Die Frau blickte sie verwirrt an.

„Werdet ihr nicht zu Stein?", zischte die Frau mit zusammengekniffenen Augenbrauen.

„Ja, ja, von was träumst du denn nachts? Ich hab' mir schon Sorgen gemacht." meinte Bolg erleichtert.

„Zu Stein werden. Das wäre doch auch ein arg übertriebener, sehr theatralischer Effekt, oder? Wer hat Dir denn den Unsinn, dass wir zu Stein werden, erzählt?" ergänzte Borg und fuhr fort:

„Es gibt nur hässlichen Sonnenbrand, der tut furchtbar weh, aber heute wird es etwas bewölkt sein, da reicht uns der Schatten unter den Bäumen vermutlich, aber ein Turm wär' natürlich besser gewesen, denn die Sonne ist schon sehr unangenehm. Also, ich dachte jeder wüsste, was mit den Trollen damals geschehen ist, die in den Süden gingen. Die wurden nicht zu Stein. Sie kamen puterrot wieder zurück! Ihre Haut schälte sich allerdings wochenlang vom Sonnenbrand, daher der Name Trollgrill für die südlichen Wälder, aber wir drei sind schlauer, und vorsichtiger, hehehehehe. Schnell in den Wald Jungs."

Und schon verschwanden die drei Trolle im dichten Laubwald und ließen die Frau in ihrem zerwühlten Garten zurück.

7. Wirtshaus zum Trollhaus

Der kluge Hans war schon wieder durchnässt vom schnellen Ritt, insbesondere nachdem er nun zwei Personen tragen musste, denn das junge Mädchen kam noch nicht allein zurecht. Es ging ihr zwar besser, aber sie wusste nicht einmal ihren Namen. Wir mussten eine Weile zu Fuß gehen und passierten mitten im Wald einen schlanken, hohen Turm, der keine Tür besaß und wir hörten jemanden fluchen. Was hatten die drei nun schon wieder angestellt? Sie zogen eine Spur der Verwüstung hinter sich her. Wir gingen weiter auf eine Lichtung zu. Das, was wir erblickten, war vermutlich einmal ein Garten gewesen, denn eine Steinmauer umgab ihn, die hoch genug war, um die meisten Wildtiere abzuhalten, nicht aber die Trolle. Es sah aus, als hätten Wildschweine ihn umgegraben und vollkommen zerstört. Am Rande kauerte eine fluchende Frau und versuchte einige kleine Stauden Rapunzelsalat zu retten.

„Guten Tag gute Frau. Ich fange die Trolle wieder ein." Zornig blickte die Frau mich an und legte direkt los.

„Was soll an dem Tag schon gut sein! Seid ihr für die Trolle verantwortlich? Das nehme ich mal an, Ich verklage Euch auf Schadensersatz, das wird teuer das kann ich Euch sagen!" Sie drohte mit dem Zeigefinger und ihre Augen verengten sich angriffslustig zu schmalen Schlitzen. Einen kühlen Kopf musste man da bewahren. Sie fuhr fort:

„Und mein Mädchen; die Trolle müssen sie entführt haben. Ich hätte sie ganz groß rausgebracht. Sie war vorbereitet auf die ganz große Karriere. Sie wäre die Sensation geworden. Alles habe ich dafür getan, dass sie einmal berühmt wird. Sie wäre für immer und ewig unvergessen gewesen. Sie…"

„Ich unterbreche sie nur ungern. Der Turm gehört also Ihnen, nehme ich an?" erwiderte ich. Sie nickte. Eine Wortezauberin und Rechteverdreherin musste man mit ihren eigenen Waffen schlagen.

„Er hat keine Tür." Sie blickte scheinbar verständnislos auf den hinter den Bäumen zu erahnenden Turm. „Wer oder was befand sich darin und wie lange? Freiheitsberaubung und Misshandlung von Schutzbefohlenen, wenn ich nicht irre. Ich werde der Sache nachgehen. Was ich vor mir sehe, ist nur einfacher Mundraub durch die Trolle. Tut mir leid, da haben sie schlechte Karten." Die Alte schwieg und blickte wieder finster über ihren Salatgarten hinweg. Ich fuhr fort:

„Nun, wer im Glashaus sitzt, sollte nicht mit Steinen werfen! Sie sollten hoffen, dass wir nicht wiederkommen.", und mit diesen Worten ritten Hans, die junge Frau und ich weiter.

Nach einigen Stunden, in denen wir der Fährte der Trolle durch den Laubwald folgten, erreichten wir ein Gasthaus an der breiten Waldstraße, die den großen Wald von Osten nach Westen durchquert.

„Weit können sie nicht mehr sein.", murmelte ich vor mich hin. „Vielleicht haben wir hier im Gasthaus

Glück und erfahren etwas. Es sollten genügend Leute hier sein, dass uns jemand sagen, kann wo sie hin sind. Wenn sie die Straße genommen haben, wird es nämlich schwer Spuren zu finden." Der kluge Hans wieherte zustimmend. Das Mädchen schwieg, blickte aber mittlerweile etwas wacher drein.

Auch diese Eingangstür hatte nicht mehr Glück gehabt, sondern ähnlich gelitten wie ihre Schwestern anderswo im Walde. Doch drinnen wartete eine Überraschung. Statt vieler Gäste war niemand zu sehen. Stille lag über dem Haus. Waren die Trolle noch da? Das Mobiliar war gerade noch als solches zu erkennen. Aus einem Nebenraum schritt plötzlich ein Esel heraus und schrie wie wild. Aus der Küche kam ein Hahn herausgeflogen. Unter einem der Tische bellte ein offensichtlich lahmer Hund und auf einer Lampe saß eine getigerte Katze und fauchte.

„Ihr könnt einen vielleicht erschrecken! Immer mit der Ruhe!", rief ich. Die Tiere beruhigten sich wieder und verstummten schließlich. Dann war das leise Schnarchen eines Mannes zu vernehmen. Es kam von hinter der Theke am Ende des Gastraumes, welcher arg ramponiert war. Dort ruhte ein sehr hübscher junger blondgelockter Mann und schlief den Schlaf der Gerechten, oder vielleicht in diesem Fall den des Glücklichen.

„He da, aufwachen!", rief ich.

Erschrocken fuhr der junge Mann hoch.

„Wie, wo?", stammelte er.

„Habt ihr die Trolle gesehen?", frug ich.

„Sind sie weg?", stellte er seinerseits eine Gegenfrage und beantwortete damit dennoch die Meinige. Ein Nicken meinerseits beantwortete die Seinige.

„Erzählt was geschah hier?" frug ich weiter.

Der hübsche Blondschopf begann ausführlich zu erzählen:

„Gestern kam ich hier an und ich ging zielstrebig an die Theke des Wirtshauses zum Wirt, um mich zu stärken und mir ein Zimmer zu buchen. Ich setzte mich also an die Theke, rechts neben mir saß ein seltsamer, düster aussehender Bursche, der sechs Kuscheltiere vor sich aufgebaut hatte und ständig mit sich selbst zu sprechen schien. Besonders eigenartig war die Tatsache, dass ihm wohl jemand einmal die Nase abgebissen oder abgeschnitten hatte. Ein etwas eigenartiger Anblick. Das war schon kein gutes Omen und ich hätte vielleicht da schon wieder verschwinden sollen.

Nun, ich wartete, und der Wirt kam zu mir und deutete meinen Blick zu dem seltsamen Kerl neben mir. Er wischte mit der Hand vor seinem Gesicht hin und her und sagte mir. ‚Der ist vollkommen durchgedreht, verrückt, redet dauernd davon, dass seine Seele gespalten und in den Tierchen vor ihm verborgen sei. Kennt ihr einen guten Seelenklempner?' Ich musste bedauernd verneinen. Links neben mir saß ein Mann mit einem gepflegten Vollbart, der mir ein wissendes Lächeln zuwarf. Er könne ja vielleicht in das Kloster gehen, in welchem ich meine Jugend verbracht hatte, dort verstand man so einiges von der

Seele insbesondere der Abt Narziss, meinte ich. ‚Dieser da wirkt aber nicht so, als würde er göttliche Hilfe annehmen‘, antwortete da der Wirt. Ich ließ mir ein Bier geben und blickte mich um. Der Gastraum war gut gefüllt. An einem großen Tisch saß eine Gruppe schwer bewaffneter Abenteurer, die auf mich wie eine Räuberbande wirkten.

Eine vierköpfige Gruppe schmächtiger Hügelzwerge machte an einem anderen Tisch mächtig Stimmung. Sie sangen und tanzten. Dabei erzählten die Hügelzwerge eine halsbrecherische Geschichte darüber, wie sie die Welt gerettet hatten.“

Tja, jedermann wollte unbedingt immer gleich die ganze Welt retten, dachte ich bei mir. Mir selbst hätte es schon gereicht diese drei Herumtreiber wieder einzufangen und sicher nach Hause zu bringen.

„Erzählt doch weiter. Was war denn nun mit den Trollen?“ Forderte ich ihn auf.

„Naja, die gute Stimmung fand ein jähes Ende, als sich plötzlich die drei Trolle durch die zu enge Tür quetschten. Selbst die mutigsten Abenteurer in dem Laden bekamen es mit der Angst zu tun.“

„Die Trolle kamen also herein und dann?“ frug ich gespannt und der junge Mann fuhr fort.

„‚Widerstand ist zwecklos!‘ rief der größte der Trolle, den sie Borg nannten.

‚Ich hab‘ Hunger! Salat, Salat, Salat, wer soll denn davon satt werden?‘, meckerte einer der anderen beiden. Der dritte erwiderte:

‚Ich sag‘s ja, Bong, wir hätten doch das Pferd nehmen sollen!‘

Der größte von ihnen schnappte sich gleich das, was er so auf den Tischen fand, und erwischte dabei auch die Kuscheltiersammlung vor dem Nasenlosen. Er verschlang direkt die Kuscheltierschlange mitsamt dem Diadem, das diese trug. Der Nasenlose schrie scheinbar vor Schmerzen auf und zischte.

‚Aahh, ich werde Euch als Strafe vernichten!‘

Der große Troll reagierte gar nicht auf den Nasenlosen, sondern bemerkte nur:

‚Brr zu flauschig und innen fad.‘

Der Nasenlose murmelte nun fremdartige Zischlaute. Als dies die Trolle bemerkten, sagte der zweite, besonderes breite Troll:

‚Borg! Du hast ihm doch nicht etwa vor lauter Hunger die Nase abgebissen?‘

‚Nein, wo denkst du hin! Ich hab‘ mich vertan, das hier sind nur Stofftiere, keine normalen Tiere aus Fleisch und Blut. Letztere sind in diesem Wald eine Rarität. Durchsuch doch mal die Speisekammer!‘

Der Mann ohne Nase drohte und murmelte weiter seltsame, wie eine fremde Sprache klingende Laute. Nichts geschah. Der bärtige Gast links neben mir murmelte mir zu:

‚Sinnlose Silben, fremde Wortschöpfungen, formale Denkstörungen, gespaltene Persönlichkeit! Wirklich ein wunderbarer Fall, meine lange Reise hat sich gelohnt!‘

Der kleinste Troll, der wohl Bolg hieß, sah den Nasenlosen an und meinte nur:

‚Tja, wenn das Verzaubern von Trollen doch nur so einfach wäre, wie du Dir das denkst.‘

44

Wieder zischte der Nasenlose etwas vor sich hin.

‚Soll ich den da gerade einmal stilllegen?' fragte der mittlere der Trolle, den sie Bong riefen.

‚Du kannst mich nicht töten, denn meine Seele ist durch meine Morde gespalten!', rief der Nasenlose.

‚In wie viele Teile denn?' fragte da plötzlich der bärtige Mann neben mir.

‚Sechs! Nein, fünf, ein Teil hat der Troll gefressen.', kommentierte der Wirt.

‚Sechs, ausgezeichnet, ein Rekord, wie wunderbar!', rief der bärtige Mann neben mir und fuhr fort:

‚Ein einzigartiger Fall, eine so seltene multiple Persönlichkeitsspaltung, meine Reise hat sich mehr als gelohnt!'

Ich blickte den Bärtigen verständnislos an. Ob der auch verrückt war, fragte ich mich.

‚Von wegen Rekord. So wenige Morde, da landest du ja zum Glück nicht gerade unter den schlimmsten Verbrechern der Geschichte!' fand Borg, der größte Troll, und schlug mit der Faust auf den Kopf des Nasenlosen, so dass dieser wie ein nasser Sack zu Boden sank.

‚Tabak! Wie herrlich.', jubelte Bong, denn er entdeckte einen Beutel am Gürtel eines der Räuber und schnappte ihn sich. Der Räuber zog seinen Säbel, doch bevor er sich ganz erhoben und in Kampfposition gebracht hatte, da ereilte ihn dasselbe Schicksal wie den Nasenlosen, durch einen raschen harten Schlag auf den Kopf sank er zu Boden. Jetzt griffen die übrigen Räuber ebenfalls zu ihren Waffen, aber die großen Trolle mit ihren langen Armen schickten sie einen nach dem anderen mit einem Schlag auf den Kopf ins Reich der Träume."

„Und wie ging die Sache weiter?" frug ich und der junge Mann erzählte weiter.

„Die Trolle durchsuchten die Speisekammer und waren jetzt übel gelaunt. Denn offenbar waren die Vorräte an dem Abend schon heftig geplündert worden, so dass die Speisekammer fast leer war. Sie schrien:

,Na dann müssen wir eben auslosen, wen von denen hier wir grillen können!'

Glücklicherweise trat da ein mutiger junger Mann hervor.

,Wartet, ich habe etwas, das helfen könnte.' Er stellte ein Tischchen zwischen die Trolle.

,Danke, aber was auch immer Du über Trolle gehört hast, ist bestimmt falsch, wir essen kein Holz.', bemerkte der kleinste, den sie Bolg nannten.

,So wartet doch! Geduld! Tischlein deck Dich!', sprach der junge Mann und plötzlich, kaum zu glauben, füllte sich das Tischlein mit köstlichen Speisen. Die Trolle begannen sofort über die Leckereien herzufallen. Ich kroch unterdessen langsam und vorsichtig in einen der Schränke neben der Theke, denn ich hatte Sorge, dass ich auch noch einen Schlag auf den Kopf kriegen würde.

Nach der siebten Füllung des Tisches knarzte und ächzte das Holz des Tischchens bedenklich, doch als die Trolle alles wieder verschlungen hatten, waren sie glücklicherweise tatsächlich satt. Sie waren offenbar nun sehr müde und legten sich schlafen. Einer lag so ungünstig vor dem Schrank, dass ich nicht mehr herauskam und daher einfach abwarten musste.

Plötzlich erwachte ich vom schrecklichsten Geheul, das ich jemals vernommen habe. Schrecklicher als schrecklich. Es war stockfinstere Nacht und im Dunkel hörte man laute seltsame Geräusche, Kreischen, Krähen, Fauchen, Heulen, und Grollen wie eines großen Wolfes, die Ohren schmerzten einem. Alle schrien wild durcheinander. Man konnte denken, das berüchtigte Monster Jabberwocky sei ins Gasthaus gekommen. Die Trolle wurden aufgeschreckt. Alles, was konnte und Beine hatte rannte aus dem Gasthaus hinaus. Die Trolle schrien auch und suchten rasch das Weite, aber ich traute mich nicht heraus und schlief schließlich wieder ein. So habt ihr mich gefunden."

„Dann wisst ihr nicht in welche Richtung die Trolle abgezogen sind?", frug ich.

„Nein, bedaure.", meinte er.

„Das ist schade, aber ich muss weiter! Der Wirt wird sicher bald wieder zurückkommen in sein Gasthaus. Ich übergebe eine junge Frau in Eure Obhut, die ich im Wald fand. Gebt gut Acht auf sie.", trug ich dem jungen Mann auf.

Nach der Übergabe der jungen Frau, die mittlerweile wieder fast ganz bei Sinnen war, brachen Hans und ich auf und folgten der Straße. Ich setzte all mein Können beim Spurenlesen und Fährtensuchen ein, doch es war nichts zu entdecken. Die drei waren schlau gewesen. Ich warf eine Münze in die Luft. Kopf sollte Osten, Zahl Westen sein. Die Münze fiel in meine Hand. Sie zeigte Zahl und so zogen wir die Straße gen Westen weiter.

Nach einer Stunde kam mir ein großer Blonder entgegen, muskelbepackt und ein riesiges Schwert auf dem Rücken.

„Habt Ihr drei Trolle gesehen?" frug ich.

„Nein und wenn dann hätte ich sie erschlagen!", rief er mit stolzgeschwellter Brust.

Diese Antwort erschien mir verdächtig.

„Immer mit der Ruhe, man muss ja nicht immer gleich alles erschlagen, dem man begegnet. Wo wollen Sie denn eigentlich hin?" frug ich ihn nun.

„Ich bin ausgezogen den Drachen dieses Waldes zu erschlagen!"

Auch das noch, ein Großwildjäger, dieser Sommerausflug hatte alles Unangenehme zu bieten, das man sich nur vorstellen konnte.

„Nun mal langsam, die Drachen hier stehen unter Artenschutz, mach kehrt und sucht Euch in einem anderen Wald einen Drachen. Ich hab' schon genug Ärger hier mit den drei entlaufenen Trollen. Also macht kehrt, der Waldrand ist nicht weit."

Er musterte mich. Er überlegte wohl, ob er sich mit mir anlegen soll. Er blickte auf sein Breitschwert.

„Denk nicht mal dran, selbst wenn Du unsichtbar und nahezu unverwundbar wärst, würde ich dich trotzdem achtkantig aus diesem Wald hinauswerfen!", ergänzte ich.

Er zögerte, ließ dann aber ab, kehrte um und zog seines Weges dem Waldrand entgegen.

Was konnte jetzt noch kommen? Vielleicht noch ein paar Schüler aus der nahe dem Waldrand gelegenen Zauberschule, die mit ihren wünschelrutenartigen Kinderzauberstäbchen herumwedelten, entweder armen Waldbewohnern übel mitspielten oder selbst aus höchster Lebensgefahr gerettet werden mussten, weil sie einer Waldspinne zu nahe gekommen waren? Ich machte mich auf das Schlimmste gefasst. In jedem Fall mussten wir ebenfalls umkehren, die Trolle hatten wohl einen anderen Weg genommen.

8. Gestiefelt und schneidig geplaudert

In der Abenddämmerung, die tief stehende Sonne im Rücken, spazierten die drei Trolle immer weiter nach Osten. An einer Kreuzung trafen sie auf einen Kater, der einen auffälligen, großen Hut sowie schwarze Stiefel trug und einen großen Leinensack geschultert hatte.

„Oh, schau mal ein Miezekätzchen!" rief Bolg. Der Kater rannte sofort los, als er die Trolle, die er im Gegenlicht der untergehenden Sonne nicht gesehen hatte, nun bemerkte.

„Sie rennt weg!" schrie Bong.

„Schnappt sie Euch!" befahl Borg, der Älteste, musste dann aber selbst losrennen und helfen. Die riesigen Trolle mit ihren langen Beinen waren zu schnell für die Katze mit dem schweren Sack. Außerdem waren sie zu dritt gegen einen. Borg hatte die Katze schließlich am Schwanz gepackt.

„Wie goldig, das Miezekätzchen hat Stiefel an!", meinte Bong.

„Das sind Stiefelletten oder?", frug Bolg.

„Quatsch, ich würd' sagen es sind Jodhpur oder Balmoral.", antwortete Bong.

„Nein, spanische Reitstiefel. Aber es sind keine Siebenmeilenstiefel, sonst wär' uns das Kätzchen entkommen.", meinte Borg.

„Ob die wohl aus Büffelleder sind?" frug Bolg.

„Nein das sind keine Büffellederstiefel, die sind eher aus Schweinsleder, denk ich.", meinte Bong.

Da sprach der Kater: „Nun meine Herren es sind Stulpenstiefel aus Nubukleder im spanischen Stile eines Reitstiefels. Ich sehe ihr seid nicht ganz ahnungslos, was Stiefel angeht, aber ihr habt noch viel zu lernen. Eure Stiefel sind ja eher einfacher Machart. Und ich bin ein Kater und kein Miezekätzchen."

Die drei Trolle staunten den Kater an.

„Das Kätzchen spricht!", meinte Bong.

„Kater.", widersprach dieser.

„Aber wo kommt es nur her?", frug Bolg.

„Was hast Du in dem Sack?", nahm Borg die Sache nun in die Hand.

Der Kater antwortete:

„Oh, da drin sind Fasane, aber für drei so große Burschen wie Euch sind es zu wenige. Du!" und dabei deutete er auf Bong, „du bist bestimmt der stärkste unter Euch dreien, Dir gebühren die Fasane!"

„Das bin ich!" Bong grinste stolz.

„Nein, ich will sie, mir stehen sie zu!", entfuhr es Bolg sogleich.

„Unsinn, ich bin der stärkste und größte! Und außerdem der Älteste. Ich kriege sie.", rief da Borg. Und Bong antwortete postwendend:

„Von wegen! Träum weiter. Mir hat er sie zugesagt! Ich bin der Stärkste, wie er sagt!"

„Aufschneider!" stieß Bolg hervor und schon schlug ihn Bong auf die Nase. Er fiel rückwärts gegen Borg. Woraufhin dieser rief:

„He, rempel' mich nicht an. Außerdem bin ich der stärkste!" Und Borg schubste Bolg wieder in Bongs Richtung. Nun begann eine wilde Prügelei, die bis früh am Morgen andauerte. Danach waren sie alle drei sehr müde und der Kater war mit dem Sack Fasane verschwunden. Sie suchten sich ein besonders dichtes Stück Wald aus und schliefen ein.

Sie wurden von einem etwas schiefen, krächzenden Gesang wach. Es war bereits wieder später Abend und stockfinster. Sie sahen lediglich den leichten Schein eines Feuers zwischen dem dichten Gewirr an Wurzeln und Ästen, das die Bäume hier bildeten. Ganz leise schlichen sie an den Lichtschein heran und verstanden bald den Gesang.

„Ach wie gut, dass niemand weiß, dass ich Rumpelstilzchen heiß!", immer wieder sang jemand: „heute back ich, morgen brau' ich, übermorgen hol ich der Königin ihr Kind; ach, wie gut, dass niemand weiß, dass ich Rumpelstilzchen heiß!"

Dann krochen sie näher und sahen zwischen all den Wurzeln und Ästen eine winzige freie Fläche mit einem kleinen Häuschen und einem Feuer davor, um welches ein koboldartiger Zwerg mit langem, spitzem Bart herumtanzte und sang.

„Oh wie gut, dass niemand weiß, dass ich Rumpelstilzchen heiß."

Bong rief plötzlich: „Borg weiß es jetzt, und wenn er es weiß, wissen es alle!"

Das Männchen schrie auf und Borg meckerte: „So schwatzhaft wie Du, Bong, bin ich noch lange nicht."

Mit dem Ausdruck des blanken Entsetzens im Gesicht stampfte das Männchen auf den Boden als die

Trolle durch das Gehölz hervorkamen: „Oh, nein, nein, nein!", schrie es und stürzte davon.

„Hinterher! Der entkommt uns nicht!", schrie Borg.

Doch immer wieder entwischte das Männchen durch Wurzelwerk und Zweige hindurch, die die Trolle mühsam überspringen oder durchbrechen mussten. Schließlich gelang es Borg jedoch den langen Bart an der Spitze zu packen und das Männchen fiel der Länge nach hin.

„Der entwischt uns nicht so wie der Kater!"

Borg packte den Zwerg am Bart und zerrte ihn hinüber zu einem Baum. Dort schob er den Bart mit aller Kraft in eine kleine schmale Ritze im Holz, so dass der Zwerg festhing. So sehr er auch an seinem Bart zerrte, kam er nicht mehr los.

„Lasst mich aus und erzählt niemandem, dass ihr mich getroffen habt, dafür geb' ich Euch viel Gold und Edelsteine! Nur lasst mich hier heraus!" Wieder versuchte er mit schmerzverzerrtem Gesicht seinen Bart aus dem Gehölz zu befreien.

„Aus solchem Tand machen wir uns nicht viel! Hast du was zu futtern?" frug Borg.

„Wenn ihr mich freilasst, dann geb' ich es Euch!" Schlug das Männchen vor.

Bong meinte: „Ich durchsuch erst mal seine Hütte, danach konnen wir immer noch verhandeln."

Als er zurückkehrte, grinste Bong über beide Backen.

„Ich hab' einen großen Kessel Getreidesud gefunden. Ist wohl grad in Arbeit, außerdem jede Menge Vorräte."

Die drei Trolle gingen zum Häuschen zurück und machten nach einer umfangreichen Mahlzeit ein kleines Schläfchen.

Anschließend zogen die Trolle wieder weiter und durchwanderten den finstersten Teil des Waldes. Langsam brach die Morgendämmerung herein.

„Ich hab' Hunger!", klagte Bong.

„Ich auch. So viele Vorräte hatte das Männchen dann auch wieder nicht.", ergänzte Bolg.

„Ist's noch weit bis zum nächsten Wirtshaus?", frug Bong.

„Mir ist langweilig!", sagte Bolg.

„Psst.", zischte Borg streng. Irgendetwas regte sich in der Nähe. Da sahen sie ein Tier über die Lichtung vor ihnen rennen.

„Ein Esel, der ist zwar ein wenig zäh, aber sicher nahrhaft.", rief Bolg.

„Oh, der steht schon auf jemandes Speisekarte, seht mal den Oger!", sagte Bong.

„Was redet denn der auf den Esel ein, statt ihm den Garaus zu machen?", bemerkte Borg.

„Oh der Esel redet auch. Und wie! Wie ein Wasserfall. Schade, was zu futtern wäre wirklich nicht schlecht gewesen.", warf Bolg mit Bedauern ein.

„Ja, es ist wie verhext hier. Gibt es eigentlich auch irgendwelche normalen Tiere hier in diesem Wald?", frug Bong meckernd.

Da flog über ihren Köpfen ein seltsamer Hexenbesen mit darauf montierten Sesseln hinweg, neben der Hexe waren noch ein Hund, eine Katze, ein Kanarienvogel und ein Frosch an Bord.

„Vergiss es, hier im Süden gibt es wohl nur Fabeltiere!" schloss Bong und so zogen sie weiter.

Es wurde immer heller, sie waren durstig und ihre Mägen knurrten. Es war schwül und die Luft staubig. Sie gingen weiter durch den nun wieder etwas lichteren Wald und trafen auf einen jungen Mann mit stolzgeschwellter Brust. Der Mann war ausgesprochen gut gekleidet, trug einen hohen Federhut und eine Schärpe. Bong meinte, nachdem er die Tracht erkannte:

„Ein Schneider! Den könntest Du gut gebrauchen Borg."

Borg grollte:

„Von wegen, ich brauch ihn nicht, aber Dein Hemd hängt seit dem Fischteich am seidenen Faden."

Bong knüllte sein graues Taschentuch zusammen, das er gewöhnlich als Halsband trug, um die wenigen Tropfen Schweiß, die dadurch heraustropften zu trinken und stöhnte:

„Ich hab' so `nen Durst."

Der Schneider holte etwas aus dem Hosensack und zerdrückte es, sodass es ebenfalls tropfte, nur etwas stärker als bei Bongs Halstuch. Der Schneider gab sich selbstbewusst und sprach.

„Seht Ihr wie stark ich bin! Das war noch besser!"

Bolg schnüffelte:

„Warum riecht es hier nach Käse?"

Der Schneider richtete sich auf, um größer zu erscheinen und sprach.

„Riesen! Nun gut."

„Nun mal nicht aufschneiden, tapferes Schneiderlein, wir sind Trolle keine Riesen.", erwiderte Bong
und kicherte leise.

„Eigentlich suche ich ein großes Wildschwein, das
sich hier in den Wäldern rumtreiben soll. Also lasst
mich passieren!", sprach der Schneider befehlend.

„Ein echtes?", frug Bolg.

„Was meint ihr mit echt?" frug der Schneider zurück.

Die Trolle erzählten dem Schneider die Geschichte
mit dem Kater, den sie getroffen hatten, als plötzlich
ein lautes Grunzen zu vernehmen war. Die Augen der
drei Trolle leuchteten. Ein großes, wirklich sehr großes Wildschwein mit eindrucksvollen Stoßzähnen
brach durch das Unterholz hervor. Der Schneider
machte einen erschrockenen Schritt rückwärts und
blickte sich nach einem Fluchtweg um. Die drei Trolle
grinsten und die schmalen Äugelein des Schweines
weiteten sich vor Schreck, als es die drei Trolle erblickte, deren Augen freudig glänzten. Dann rannte
das Wildschwein in atemberaubendem Tempo davon.

„Das holen wir nicht ein, los wirf nach ihm!" rief
Bolg zu Borg, der einen Stein nahm und ihn nach dem
Wildschein warf, es jedoch verfehlte.

„Das kann ich besser!" rief der Schneider und holte
etwas aus seiner Hose, das er seinerseits nun nach
dem Wildschein warf, obgleich man dieses schon
kaum noch sehen konnte. Das, was er geworfen hatte,
verschwand schon nach kurzer Strecke im Laub und

war nicht mehr zu sehen. Auch das Wildschwein war mittlerweile im Unterholz verschwunden.

„Seht ihr ich kann weiter werfen als ihr, nehmt Euch in Acht!" rief der Schneider.

„Schade, na wir haben ja noch das tapfere Schneiderlein, lieber den Spatz in der Hand als die Taube auf dem Dach.", meinte Borg.

„Hast Du was zu futtern, tapferes Schneiderlein?", frug Bolg den Mann.

„Schau mal in seinen Taschen nach.", forderte Bong seinen Bruder Borg auf.

„Halt ich verbitte mir das. Ich habe sieben auf einen Streich erschlagen, da kommt es auf drei Riesen auch nicht mehr an." Doch Borg sagte nur „Trolle", packte den Schneider trotzdem mit seiner großen Hand und durchsuchte dessen Taschen mit seinem kleinen Finger.

„Mit deinem eigenen dauernd in die Tasche greifen und irgendwas daraus hervorholen, Schneiderlein, hast du dir ins eigene Fleisch geschnitten.", meinte Bong und kicherte wieder. Borg holte etwas aus der Tasche des Schneiders hervor.

„Egal was es ist, es wird weggehen wie geschnitten Brot!" meinte Bolg, blickte Bong an und nun kicherten beide.

„Zerdrückter Käse, besser als nichts!" sagte Bolg. Die drei verputzten in Windeseile den Käse.

„Hast du noch was?" frug Borg den Schneider drohend und der Schneider schüttelte nur kleinlaut den Kopf.

„Jetzt, wo Du ihn mit schneidender Stimme ausfragst, guckt er so bedröppelt wie das Männchen, das wir letzte Nacht getroffen haben. Überhaupt finde ich, dass er ihm wie aus dem Gesicht geschnitten ist.", meinte Bong. „Die könnten Brüder sein.", fügte er kichernd hinzu. Bolg nickte Bong anerkennend zu und kicherte ebenfalls.

„Jetzt hab' ich noch mehr Durst nach dem Käse!" meckerte Borg.

„Die Luft ist aber auch zum Schneiden heute!" meinte Bolg und kicherte schon wieder.

„Apropos schneiden, was machen wir mit dem aufschneiderischen Schneiderlein?" meinte Bong und holte sein Messer hervor. Da rannte das tapfere Schneiderlein so schnell es seine Beine tragen konnten davon.

„Da haben wir immerhin einen besseren Schnitt gemacht als bei der Katze." Ergänzte Bolg. Bong knuffte Bolg daraufhin anerkennend und beide kicherten laut. Borg würdigte die beiden keines Blickes.

„Es reicht, los weiter!" meinte Borg und marschierte los.

„He, warte auf uns, warum schneidest du uns?" riefen Bong und Bolg ihm hinterher und lachten lauthals.

9. Und wenn sie nicht…

… eine lange Pause gemacht hätten, um ausgiebig unter einem großen Wasserfall zu duschen, und ich nicht die beiden Kinder Hänsel und Gretel an einer Wegkreuzung getroffen hätte, dann hätte es noch lange so weitergehen können. Aber glücklicherweise traf ich die beiden Kinder und die verrieten mir, dass sie die Trolle aus sicherer Entfernung nach Süden hatten abbiegen sehen.

Und dann endlich hole ich die drei ein. Sie haben es sich in der Abenddämmerung unter einem Felsvorsprung gemütlich gemacht und sitzen vor einem Feuer.

„Borg, Bong, Bolg! Endlich." Ängstlich schaut Bong mich an und sagt:

„Oh *sie* ist es!"

Enttäuscht blickt mich Borg an und sagt:

„Lass uns doch noch ein bisschen!"

„Nein, jetzt ist Schluss!", sage ich und Bong schaut mich schuldbewusst an und sagt.

„Wir wollten nur für Mama ein Paar Bäume pflücken für den Muttertagsstrauß und da haben wir uns verlaufen."

„Wir ham gar nix gemacht, ehrlich!" ergänzt Bolg, versucht einen unschuldigen Blick aufzusetzen und blickt dann zu Boden.

„Außerdem hat Sellsewort erzählt, dass aus dem Norden eine riesige Armee von Untoten kommt und da … da wollten wir weit weg sein…", meint Borg.

„Papperlapapp, dummes Geschwätz. Sellsewort, ts, riesige Ängste aufbauen, große Versprechungen und am Ende ist nix dahinter und alles gut.", sage ich ihnen und ergänze.

„Na los kommt jetzt, ich bring euch zurück in den Norden, wo ihr hingehört! Eure Eltern haben sich Sorgen gemacht."

Trolle haben eine mächtige Statur, große magische Macht und enorme Kraft, aber ihr Gemüt ist das eines sechsjährigen Raufboldes, ihre moralische Reife ist gering ausgeprägt und die Strafe würden die Eltern übernehmen. So folgten die drei der Elfenprinzessin Samafriel, der ältesten Tochter des Waldkönigs Celparien ohne weiteres Murren wieder nach Norden, aber das ist eine andere Geschichte.

ENDE

Anmerkungen des Verfassers.

Die Personen und die Handlung sind rein zufällig. Etwaige Ähnlichkeiten mit nicht tatsächlichen Begebenheiten oder nicht lebenden oder nicht verstorbenen Personen sind frei erfunden.

Gibt es etwas
zu rauchen? Das
wäre nicht schlecht!